Jérémy Caffi

Ce soir c'est grand soir

nouvelles

à mes trois amours

Audrey, Elsa , Fanny

"Il s'agissait précédemment de savoir si la vie devait avoir un sens pour être vécue. Il apparaît ici au contraire qu'elle sera d'autant mieux vécue qu'elle n'aura pas de sens."

(Albert Camus, Le Mythe de Sysyphe)

Le printemps

Le silence.

Quelques bribes de mots chuchotés en attendant l'entrée fracassante de la robe noire, mais le silence, toujours un peu plus fort. À chaque inspiration, la moiteur ambiante des audiences passées me donne la nausée. Combien de destins brisés ici ?

J'ai chaud ; je ne suis pas vraiment habitué à la cravate. Disons que je ne la porte que pour les grandes occasions. En me retournant je mesure la solennité de l'instant qui va se jouer ici.

L'immense salle d'audience est vide, sans public ; des rangées de banquettes en vieux bois, un peu comme dans les églises et tout autant inoccupées.

Mon avocat est présent à mes côtés. Je ne connais pas ce gars là, cet inconnu recommandé par un de mes amis, mais je le paie grassement pour espérer de lui un miracle. Il est silencieux, grave, vérifiant les éléments du dossier en tournant des dizaines de pages à la hâte, faisant glisser son index le long des lignes et concluant à haute voix : " Ah Voilà ! " refermant ensuite la pile de documents où ma vie, notre vie est à jamais classée.

Nous sommes placés au premier rang à gauche. Devant moi un peu plus à droite, au centre, il y a la barre, cette fameuse barre qui trahit tant de témoignages et bouleverse souvent le cours d'un procès. Je la redoute déjà, avant même d'être appelé pour m'exprimer, je n'en veux pas, je veux fuir.

Une porte s'ouvre derrière moi ; je me retourne, c'est elle.

Aux côtés de son avocat également, la voilà qui avance le visage fermé. Elle ne veut pas me voir, encore moins croiser mon regard. Je l'accompagne avec mes yeux pleins d'amour et de larmes, tâchant tout de même de ne pas les faire déborder dès son arrivée. Sa petite robe légère épouse parfaitement ce corps que j'aime ; je m'imagine encore lui déposer de petits baisers sur cette peau douce et sucrée, comme je le faisais souvent au petit matin, avant de lui faire l'amour tendrement au milieu des draps encore chauds.

La voilà qui arrive à ma hauteur :

- Bonjour Marie.

 Pas de réponse.

Elle s'installe à droite, de l'autre côté de l'allée centrale, première rangée ; et pour ajouter encore un peu plus de distance entre nous, s'assied côté mur, son imposant défenseur des droits à sa gauche, empêchant tout contact visuel. Je comprends à cet instant que cette journée sera longue, d'une tristesse infinie.

Soudain, nous devons nous lever. Une immense porte en bois massif s'ouvre dans un grincement assourdissant devant nous et des bruits de pas lourds font craquer le plancher.

La juge et ses assesseurs entrent dans une chorégraphie orchestrée au millimètre, pas de fausses notes.

- Vous pouvez vous asseoir !

Cette fois nous y sommes. Nous allons dérouler le tapis rouge de notre intimité, là devant cette cour austère, nous allons tout raconter de notre quotidien devenu trop lourd selon elle et surtout mêler Manon à ce mauvais feuilleton. Notre petite fille qui du haut de ses six ans ne comprend pas pourquoi papa et maman se disputent mais qui en souffre le martyre et qui en pleure avec nous lorsque l'orage passe et fait place à un petit coin de ciel plus gris que noir. Comment avons nous fait pour en arriver là ?

J'aimerais voir ma femme, je la cherche derrière ce gros tas de muscles qui va la défendre mais on dirait qu'elle n'est pas là tant sa fine silhouette semble écrasée par la sienne. Mon avocat n'a de cesse de me demander d'arrêter de regarder de l'autre côté, que ça ne jouera pas en notre faveur, mais je ne peux m'en empêcher.

J'entends la juge exprimer les raisons pour lesquelles nous sommes réunis dans cette salle d'audience. Malgré des efforts d'attention, je suis comme happé par l'espoir d'un retour à la normale. J'espère que d'une minute à l'autre,

Marie va se lever, venir me tendre la main et repartir avec moi. Nous irons déjeuner ensemble chez *Kanter* , nous boirons une bouteille d'entre-deux-mers en riant de toute cette histoire et nous récupérerons la petite à l'école avant de partir prendre l'air à la montagne.

Mais pas question de bouger. On ne rit pas, on ne boit pas, on ne s'échappe pas.

Brusquement, ce divorce qu'elle veut rapide et que je refuse, prend une tournure profondément dramatique. Le réquisitoire touche à sa fin lorsque le tribunal me fait part d'un nouvel élément. En effet, Marie m'accuse très clairement de violences conjugales.

Je ne peux pas le croire ! Comment peut elle faire de moi une de ces bêtes immondes ? Je dois la voir, elle doit me voir !

- Regarde-moi Marie !

- Monsieur, je vous demande de vous calmer ou je suspends l'audience.

Je m'en cogne de cette putain d'audience, pas ça, pas ces mensonges ! Je suis en pleurs, debout malgré mon avocat qui tente de me ramener à la raison.

- Regarde-moi et jure devant cette cour que j'ai abusé de toi !

- Monsieur, c'est votre dernière chance !

- Jure-le sur la tête de Manon !

- Cette réaction ne fera pas vos affaires Monsieur. Je suspends la séance, tâchez de retrouver vos esprits. Nous reprendrons dans quinze minutes.

Je retombe sur la banquette comme une masse lourde de tristesse, la tête dans mes deux mains trempées de larmes. S'en suit un coup de maillet qui signale qu'il est temps de sortir.

En me levant, je jette un regard froid sur la femme de ma vie, assise là, immobile, glaciale comme le marbre de notre magnifique salle de bain. Elle se décide enfin à tourner les yeux vers moi. Ce regard n'est plus celui qui me fit tomber éperdument amoureux il y a de cela quinze ans, mais celui de la haine.

Nous en étions là, nous serions en guerre comme tous ces couples qui promettent de divorcer rapidement et qui au final se font face derrière les lignes

9

de front pendant des mois avant de faire feu à la moindre faiblesse ennemie.

Il est quinze heures trente, je sors du tribunal ; le doux soleil du mois de mai me réchauffe le cœur un court moment, quelques oiseaux entonnent leurs ritournelles du printemps, la saison des amours.

À mourir debout

Je suis bien, percevant autour de moi une certaine agitation mêlée aux hurlements d'une sirène. Je reconnais celle du SAMU arrivé sur les lieux peu de temps avant que je ne ferme les yeux.

Je suis secoué de part et d'autre dans la carlingue par celui qui pilote le bolide miraculeux censé sauver ma vie. Curieusement je me sens bercé, sans doute aussi grâce aux faisceaux de lumières chaudes dans lesquels je baigne depuis une bonne demi-heure, depuis l'instant où la *Ford Focu*s ne s'est pas arrêtée.

Je sortais du troquet dans lequel j'ai l'habitude de venir faire croire aux gens que je suis écrivain entre deux *Martini-Gin* , et sans doute grisé par ma petite ivresse quotidienne, j'ai anticipé le passage du petit bonhomme rouge au vert avant d'embrasser le pare-brise et de m'envoler quelques instants au dessus du bitume de la Rue des

Peupliers. Malgré l'impossibilité de bouger, je pris rapidement conscience de la situation lorsque des badauds accoururent pour me porter secours ou pour faire des photos, je ne sais pas vraiment.

Je me souviens cependant des mots d'une femme en pleurs décrivant la situation à son ami non voyant :

- Mon Dieu Jocelyn c'est horrible regarde ! Enfin non je veux dire, le malheureux ! Il vient de se faire renverser par une voiture et son crâne est ouvert ! C'est terrible il y en a partout à côté de lui, on dirait les rognons de veau que tu as mangé chez tata Jacqueline vendredi dernier. Le pire c'est qu'il a les yeux ouverts, un peu comme toi Jocelyn mais tu n'y vois rien mon pauvre chéri, c'est vraiment pas beau. Je vais appeler les secours.

Ce petit monologue précipita le début de ma fin. Je sentais bien que quelque chose ne collait pas, il manquait un élément important pour que je prenne pleinement la mesure de ce qui venait de m'arriver, et cet élément n'était autre que le bout de cervelle qui m'aurait permis de ressentir la douleur. Quelque part j'étais rassuré de ne pas souffrir et d'un autre côté c'était tout de même inquiétant de savoir que ce Jocelyn venait de déguster des rognons semblables à mon lobe frontal chez cette fameuse tata Jacqueline.

Je n'avais plus aucune notion de temps. J'étais juste là à attendre qu'on vienne me ramasser moi et mes morceaux, qu'on me répare rapidement afin que je puisse rentrer chez moi.

Malheureusement, lorsque j'entendis le SAMU arriver au loin, gyrophares éblouissants le ciel noir de leurs éclats bleus, il n'en fut rien. Petit à petit mes paupières devinrent lourdes, mes yeux se fermèrent et je m'endormis paisiblement, plongeant dans le sommeil le plus profond de toute ma vie.

Un peu plus tard, me voilà dans l'ambulance qui roule à une vitesse folle. J'ai bien envie de demander si " C'est grave docteur ? " mais je suis toujours inerte au fond de mon corps, écrasé par le poids de cet étrange coma qui rend aveugle mais pleinement lucide concernant ce qui se trame à proximité. Il y a un moniteur pour prendre la tension ; je peux distinguer le son des battements de mon cœur galopant à toute vitesse, tel un canasson faisant résonner ses sabots sur la pelouse d'un hippodrome, espérant ainsi échapper à son exposition en boucherie chevaline. Puis plus rien !

J'entends le brassard enroulé autour de mon bras gauche relâcher la pression et une longue note - semble-t-il un do aigu - accompagne soudainement le commentaire glaçant de l'ambulancier :

- On est en train de le perdre !

- Quoi ? Comment ça ? perdre quoi ? Vous déconnez les copains !

- C'est fini Jean-Marc , tu peux éteindre la sirène.

- C'est quoi ces conneries Toubib ? Donne moi de la morphine ou autre chose et toi Jean-Marc fais moi plaisir, rallume ta sirène et accélère ! Pourquoi

tu ralentis comme ça ? Je te rappelle
que t'as un blessé à l'arrière !
- C'était foutu d'avance, quand tu vois le
tartare qu'il y avait à côté de lui quand
on l'a embarqué...Pauvre gars !
- Attendez ! Tout à l'heure j'entendais
parler de rognons et là on passe au
tartare ! Va falloir vous accorder les gars
parce que d'un point de vue culinaire
c'est pas franchement la même chose !
- On file au CHU le mettre au frais en
attendant le certificat de décès.
- Le...certif...le...décès...le... QUOI ???
- Tiens arrête toi au *Drive* avant j'ai bien
envie de me taper un *burger*.

Je crois rêver. Je ne peux pas être mort
puisque je sais absolument tout ce qui
se passe en ce moment même ; bon
c'est vrai j'ai quelques problèmes
puisqu'à part cette lumière chaude là-
bas je ne vois rien, mais tout de même.
Et puis cette histoire de certificat ne
présage rien de bon, tout comme cette
idée de me " mettre au frais " ne
m'enchante pas. Tiens, pour la première
fois j'entends la voix de Jean-Marc. Il va

certainement raisonner son collègue et le décider à me rebrancher, tout n'est pas perdu.

- Bonsoir, j'aimerais un *Menu Burger*, frites, *cola* et une portions d'ailerons de poulet sauce barbecue. Ah oui et ajoutez aussi un *milk-shake* fraise s'il vous plait. Je vous règle par carte.

Non mais c'est pas vrai il va pas s'y mettre aussi ! Ils ne vont pas me faire croire que tout est fini, que je passe de l'autre côté comme ça, c'est honteux de crever de cette façon, crever pendant qu'ils se tapent leur petit menu à l'emporter ! C'est drôle mais je sens l'odeur des frites, ça me nourrit comme si je croquais dedans ; pareil pour le *cola*, je sens les bulles descendre dans le fond de ma gorge rien qu'en imaginant le boire. C'est pas si terrible finalement, attendons de voir ce qui se passe à l'hôpital.

D'ailleurs, peu de temps après l'escale "casse dalle " je crois qu'on arrive. Nous sommes arrêtés et une portière vient de claquer, ça doit être Jean-Marc qui est descendu.

Les portes battantes arrières s'ouvrent, je les entends.

On me soulève, me pose sur un brancard et une fermeture éclair me remonte des pieds à la tête ; on me fout dans un sac !

Des bruits de pas lourds derrière moi rythmés par le grincement d'une roulette sur le point de céder me laissent espérer qu'on m'emmène quelque part pour me soigner, service des urgences très probablement, du moins cette pensée me rassure.

Le couloir a l'air immense et surtout vide. D'ordinaire les hôpitaux sont bruyants, chargés de patients en détresses qui crient leurs douleurs, d'internes dépassés par les événements routiniers de leur quotidien, de familles déchirées par la perte d'un proche ou au contraire, de couples qui arrivent dans la précipitation avant la venue au monde d'un enfant...

Seulement aujourd'hui je me sens bien seul. Il n'y a que ce brancardier qui prend son temps pour pousser ma carcasse accidentée et moi ; j'aimerais lui dire de se bouger, qu'on ne laisse pas les blessés agoniser ainsi mais je ne peux pas parler, j'ai la sensation d'avoir conscience de tout sans pour autant avoir la possibilité d'interagir avec quiconque, c'est bien là le problème. On s'arrête ; on dirait qu'il tape un digicode à 2,3,4,5 chiffres ; Une porte automatisée semble s'ouvrir.

- Salut Justine, je t'amène du monde.
- Hé salut toi, aide moi à le poser sur la table s'il te plait.

Une voix féminine c'est merveilleux, enfin un peu de délicatesse dans cette soirée cauchemardesque.

- Tu as le certif' ?
- Ouais c'est tout bon tu n'as plus qu'à confirmer la mort et signer. T'as de la place au frigo ?

- Confirmer la mort ? frigo ? Non mais de quoi vous parlez ??? Allez Justine, dis quelque chose, défends ma vie, sauve là !

- Oui j'ai eu un départ ce matin, il me reste une place, on peut dire qu'il a de la chance celui-là.

Des ricanements, des gloussements, ils sont en train de s'esclaffer les salauds. Je m'accroche à la vie et ces deux là meurent de rire sur mon triste sort. Si seulement je pouvais intervenir et leur faire passer l'envie de pouffer au dessus de mon corps meurtri...

-Oh non t'es trop toi, AH AH ! Tu rigoleras moins quand tu verras l'état de son crâne.

Et voilà qu'ils me déballent, la fermeture éclair s'ouvre mais il fait toujours aussi noir.

- Ah oui en effet, va falloir colmater le

crâne et surtout siliconer pour redonner un aspect normal au cerveau. Je te remercie, tu peux remonter ! je te bip quand j'en aurai terminé. À tout à l'heure.

-Ok ça marche j'attends ton appel, à plus tard.

Nous voilà maintenant tous les deux dans cette pièce où le silence est roi. Des bruits de petits outils jetés dans une bassine en inox à côté de ma tête résonnent dans ma caboche à moitié vide. J'aimerais relever les paupières, mettre un visage sur la douce voix qui est sur le point de me disséquer, tenter de la résonner en insistant sur le fait que je ne suis pas tout à fait décédé puisque je dors éveillé, que je sais ce qui se trame pendant mon inertie mais l'évidence est là :

je suis dans la chambre funéraire d'un grand hôpital public avec pour seule compagnie une femme médecin légiste prénommée Justine.

Autant dire que mon avenir proche est plutôt derrière moi.

Des bruits de talons aiguilles sur le sol s'éloignent de la table où je suis allongé, des grésillements radiophoniques puis de la musique ; je connais cet air, cette introduction tonitruante dans laquelle des violons s'entrechoquent dans le tumulte du chaos, la violence et la beauté retentissent et se font échos dans les quatre coins de la pièce ; oui je reconnais cette aubade, cette saison en particulier, à jamais sublimée par *Antonio Vivaldi*.

J'aurai donc le privilège, que dis-je, l'honneur de me faire raccommoder pendant que des héritiers du plus grand compositeur italien de tous les temps jouent *L'été* sur *Radio Classique*. Justine pourra me vider de l'intérieur en fredonnant du fond de sa gorge les notes aigües mystifiées par le *Stradivarius* principal, des violoncelles continueront d'accompagner ma toilette funèbre lorsque ma petite infirmière formera entre les paumes de ses mains des boulettes de cotons qu'elle placera -

délicatement j'espère- à l'intérieur de mes orifices susceptibles de perdre quelques miasmes internes propres à tout être humain.

Je me réjouis de tant de petites attentions et mesure pleinement l'opportunité qui m'est donnée de vivre cet instant unique avec la dernière femme de ma vie.

Je n'ai pas toujours été un tendre avec celles-ci, elles me l'ont souvent reproché, à juste titre d'ailleurs. C'est pourquoi en ce jour si particulier et malgré les circonstances quelque peu inappropriées je compte bien rattraper le coup. J'ai trop souvent privilégié le physique, mis fin à des relations dès le lendemain au saut du lit parce que celle à côté de qui je me réveillais n'était plus aussi belle que la veille. Je n'étais pas respectueux envers les prétendantes " un peu moins " que les autres, je les essayais comme on enfile des paires de chaussures et je changeais de pointure aussitôt (cette métaphore a fait ma réputation de salaud, je l'accepte).

Mais ce temps là est révolu. Je n'aurai

pas l'opportunité aujourd'hui de profiter des courbes de Justine puisque mes yeux resteront fermés, je pourrai simplement jouir de l'environnement mélodique des *Quatre saisons* tout en imaginant ces derniers instants auprès d'elle.

- Allez très cher, il est temps.
-Il est temps ? Voilà qui est intéressant mais pour quoi exactement ?
- Sympa le pantalon en velours côtelé ! Plus vraiment à la mode mais bien porté. vous ne m'en voudrez pas de le retirer.

Je le crois pas, elle me fout à poil. De toute ma vie, jamais un premier rendez vous n'a été aussi simple et rapide, je ne peux malheureusement pas répondre physiquement à sa flatterie.

- Et bien jeune homme vos cuisses sont musclées...

Elle me drague, je fais tout pour ne pas bander et finalement je me dis que rien ne sert de lutter puisque de toute évidence je n'aurai pas d'érection sans mon cerveau ; je suis sauvé.

- Quel gâchis mon ami, nous avons quasiment le même âge.

Des froissements insistants de petit matériel semblables à ceux d'une paire de ciseaux accompagnent ses commentaires alors que la radio diffuse désormais *Le lac des cygnes* de *Tchaïkovski* . J'aime un peu moins la tournure tragique que prend le prologue de ma mise en bière, surtout d'un point de vue musical, mais après tout que puis-je faire d'autre qu'attendre la délivrance ? La lumière qui brille tout au fond là-bas m'éblouit de plus en plus, se rapprochant doucement sans que je puisse y résister. Je n'imaginais pas partir de cette façon, quitter ce monde en me faisant renverser par une bagnole, m'écraser tête la première quelques mètres plus loin et fermer les yeux sur ce monde que j'ai tant aimé, tout en gardant l'ouïe et l'odorat comme uniques sens au peu de vie qu'il me reste.

D'ailleurs depuis le *fast-food* de mes deux ambulanciers tout à l'heure je ne distingue plus aucune odeur, plus aucun parfum. On dirait que mes oreilles sont désormais mes seules compagnes d'infortune et vont me guider jusqu'au bout du tunnel.

Un robinet ouvert coule à grande eau, les pas cadencés de Justine s'éloignent à présent en rythme avec la *Nocturne numéro 9* de *Frédéric Chopin* ,on dirait qu'elle se déplace en dansant, c'est beau je crois.

Le raclement d'une lavette sur le sol ; il semblerait que nous arrivions au bout de notre petit moment de bonheur partagé.

 - Que vas tu faire de moi maintenant ?
- Vos viscères sont impeccables c'est vraiment pas de chance. Si seulement la tête n'avait pas cogné...
- Trop aimable, je suis flatté que ma

rate, mon foie et mes intestins soient à ton goût ma belle, mais j'ai bien saisi qu'on ne dînerait pas ensemble ce soir ; tu préfères les vivants, c'est tout à ton honneur.

Si je comprends bien la voilà sur le point de ramasser mon intérieur sur le linoléum (j'imagine un linoléum parce que tous les sols des hôpitaux en sont revêtus généralement).
La lumière commence à m'aveugler au point de former distinctement une allée étroite dans laquelle je me sens aspiré *pianissimo* avec douceur et volupté. Il fait bon mourir ici en musique avec la plus belle femme que je ne verrai jamais.

Une sonnerie digitale et assourdissante vient rompre cet ultime moment de plénitude.

- Oui c'est bon tu peux descendre on va mettre au frais.

27

Quelques instants plus tard une porte s'ouvre.

- Ah te voilà, allez on transfère. Tu es prêt ? Un, deux, trois !
- Je peux ouvrir la cellule ? elle est à température ?
- Oui c'est bon vas-y je note juste le nom sur l'étiquette.

L'ouverture de la cellule me rappelle le râle de la chambre froide du restaurant dans lequel je travaillais plus jeune , lorsqu'avant d'entrer pour y chercher les denrées stockées au frais j'actionnais la poignée et qu'une forte aspiration résonnait dans la cuisine, réaction à l'effet de la température négative à l'intérieur et celle évidemment plus ambiante à l'extérieur.

- Monsieur Franquin Edouard, âge : 34 ans, sans profession, fracture du lobe frontal avec absence totale de la première frontale, absence partielle de la seconde frontale et donc hémorragie extra durale laissant à penser que le patient est décédé très peu de temps après l'accident. Il est actuellement 22h16, nous procédons au placement en cellule réfrigérante jusqu'à extraction du corps.

Maintenant c'est sûre, il me sera difficile de faire marche arrière après cette conclusion effroyable. Cette fois j'y suis et apparemment j'y reste, je vais me contenter d'un espace clos pendant quelques heures ou quelques jours, moi qui suis sans doute le plus claustrophobe de tous les occupants ici.

J'aimerais que le glissement des deux rails sous ma carcasse me réveille en sursaut, que je reprenne le fil perdu de ma petite vie mais ce ne sera apparemment pas pour aujourd'hui.

Une dernière fois, la voix de Justine m'accompagne :

- Bon voyage cher monsieur Franquin.

On me pousse au fond puis on ferme aussitôt.

Soudain la lumière insistante devient brulante et une inextricable sensation de quitter mon corps se fait ressentir. Un soleil absolument fabuleux m'emporte au dehors, abandonnant ici dans ce congélateur de viande humaine ma misérable dépouille. La vue me revient au moment où je me sens flotter dans l'air sans possibilité aucune de contrôler quelque chose ; je vois la table sur laquelle je suppose avoir sympathisé avec Justine, qui , un peu plus loin de dos, est sur le point d' éteindre la radio dans laquelle est diffusée une nouvelle fois le *concerto numéro 2 pour violon Allegro* , comme un clin d'œil à cette soirée d'été où je m'envole avec *Vivaldi*.

Phtirus Inguinalis
(ou la fabuleuse histoire de Gontran)

Dans les grandes steppes arides du sud testiculaire se frottent les pattes de Gontran le morpion.

Gontran a parcouru l'univers avec pour seul bagage son irrésistible envie de gratter. Le début de sa vie ne fut pourtant pas heureux puisque sa mère - après lui avoir donné la vie dans une zone escarpée d'un vagin colonisé par une bonne quinzaine de ses amis - l'abandonna à son triste sort lorsque leur quartier fut rasé de près et que la majorité de la communauté tomba dans le néant abyssal du siphon de la baignoire. Gontran s'accrocha tant bien que mal à l'unique poil pubien oublié tout en voyant sa pauvre mère dégringoler inexorablement et disparaitre à jamais sous la pression d'eau jaillissant du pommeau de douche. Les larmes ruisselant jusqu'au bout de ses antennes il se promit de toujours garder en tête ce que la malheureuse lui avait dit un jour :

- Surtout ne crois pas les poux *Gongon*, tu en verras souvent sur ta route. Ils pensent être supérieurs car ils s'amusent à gratter plus haut ; mais souviens toi qu'il n'est pas plus grande noblesse que de gratter là où les gens s'aiment ! Tu es un pou d'amour mon fils, alors va, vis et accroche toi !

Malgré le temps qui passe, Gontran n'oublie pas d'où il vient et surtout comment il en est arrivé là. Il faut préciser que l'existence de notre ami parasite ne sera pas très longue puisqu'il ne vivra que quelques jours. Le plus difficile pour un morpion n'est pas de s'installer mais de poser ses valises définitivement.
En effet, les poils de l'être humain sont en règle générale un habitat plutôt éphémère, qu'ils soient de sexe masculin ou féminin d'ailleurs.

Mais depuis deux jours et le terrible souvenir de la lame de rasoir les choses ont changé, *Gongon* a déménagé.

Après le génocide pubien, il résista accroché avec d'autres camarades au dernier crin hirsute, perdit des forces, éreinté, puis sentit soudain que sa tête tournait. La force centrifuge venait de faire son œuvre et il était désormais couché, entre la peau lisse de sa terre ferme et ce poil qui lui avait sauvé la vie.
- Nous sommes sains et saufs les copains s'écria-t-il en se retournant ! Un rendez vous galant, on va pouvoir déménager !
Malheureusement il n'y avait plus personne, Gontran était seul face à l'adversité et devrait bientôt subir les assauts d'un autre Monde qu'il espérait accueillant.

Il vit soudain une lumière vive venir à lui puis une énorme masse brune, ronde et...et...MIRACLE !

Velue !

Un crâne bien frisé s'approcha puis s'attarda suffisamment longtemps pour qu'il puisse enfin jaillir, bondir dans cette forêt luxuriante venue sans doute de très loin. Cette fois ça y était, il était sauvé ou presque.

Mais à peine eut il le temps de s'agripper qu'on l'interpella :

- Hé toi !

Il chercha mais ne vit personne.

- Ouais toi le Morbac là ! Fous le camp d'ici t'es pas chez toi !

Des ricanements accompagnaient les invectives de l'inconnu à la voix grinçante. Ce dernier avait curieusement un accent du Sud de la France.

- Pardonnez moi, qui êtes vous, que me voulez vous ? demanda Gontran.

- On est chez nous *peuchèreuh*, *casseuh* toi de là et va jouer avec les joyeuses de Monsieur un peu plus bas, t'es pas au bon endroit ici *cono* !

En se déplaçant discrètement dans la forêt de cheveux, Gontran jetait de temps à autre un coup d'œil en espérant trouver son interlocuteur afin de négocier.

- Faut te le dire comment *dégun*, tu veux que je descende ?

- Je voudrais juste pouvoir rester un peu ici, je me ferai tout petit.

- Hé *putaing* con tu vas voir !

D'un coup d'un seul, le pou véhément avait bondit sur Gontran l'empêchant de bouger, les six pattes en l'air. Il portait un maillot domicile de l'Olympique de Marseille datant sans doute du début des années 2000 puisque le sponsor " *9 télécom* " apparaissait sur son torse.

- Je t'avais *bieng* dit de foutre le camp d'ici petit morbac !

Effrayé mais bien décidé à tenter crânement sa chance, *Gongon* tenait tête à son agresseur :

- Pardonnez-moi Monsieur le pou mais...Vous êtes supporter de l'OM ?

- Hé qu'est ce que ça peut te faire à toi ? Je vais pas parler *footeuball* avec un locataire de trou de balle. Tu dois être originaire de la capitale toi, hein morbac ?

Des éclats de rires résonnèrent aux alentours.

- Allez *dégage* !

Des dizaines d'autres poux arrivèrent en renforts, tous vêtus d'un maillot de foot phocéen et floqué du numéro 17 de *Benoit Pedretti*. Violemment, ils se saisirent de *Gontran* puis le firent glisser le long du cuir chevelu, la nuque, jusqu'en bas du dos puis dans la raie des fesses de sa nouvelle maison.

De loin il entendit les suppo(u)rters crier en cœur :

- MORBAC ! MORBAC ! ON *T'INCULEUH* ! avec un accent marseillais très distingué.

Dégringolant dans le couloir escarpé, il eut le réflexe de bondir au moment d'approcher du grand trou noir et se saisit en plein vol d'un, deux, puis trois poils, filant de liane en liane jusqu'à la terre promise. Cette fois c'était bon ! Une bourse pleine et bien fournie serait sa demeure pour toujours. Quitte à y vivre seul jusqu'à la fin de ses jours, il resterait là entre ces deux roupettes, son merveilleux jardin d'*Eden*.

Quelques temps passèrent et la vie était belle entre deux couilles. *Gontran* vivait sa solitude avec bonheur et se délectait régulièrement des petites bactéries qu'il trouvait aisément sur son chemin. Lors d'une partie de jambes en l'air entre son hôte et un autre *homo-sapiens,* un colocataire fit son

apparition, ou plutôt une colocataire.
Pour la plus grande joie de notre ami, il s'agissait là d'une femelle morpion prénommée Gisèle, enjouée et dans la fleur de l'âge. Il était grand temps pour lui d'envisager d'avoir des enfants. Il profita donc de leur solitude à tous les deux pour séduire la femelle grâce à un de ses merveilleux numéros de claquettes dont lui seul avait le secret, puis trois jours plus tard...

Jean-Eude naquit du fruit de l'amour entre Gisèle et Gontran.

Aujourd'hui les parents sont fiers et s'épanouissent en voyant leur petit gratter joyeusement ici et là.
Leur bonheur est d'autant plus grand depuis leur adoption récente d'un petit pou qui a fuit la montée du totalitarisme du cuir chevelu. Celui-ci ne porte pas de maillot de l'OM et au grand désespoir de ses compatriotes projette de devenir arbitre afin de réconcilier les deux communautés.

Dans les grandes steppes arides du sud testiculaire se frottent les pattes de Gontran le morpion, imaginant un monde où le poil à gratter serait partagé entre les peuples.

Amen

Avec Antoine, nous avions l'habitude depuis notre plus jeune âge, de nous rendre à l'office tous les dimanches. Papa et Maman nous y accompagnèrent jusqu'au jour où ils considérèrent que nous étions en âge de développer notre Foi seuls , "en adultes responsables" disaient ils. C'est donc à dix huit ans, clés de ma première voiture en main, tirés à quatre épingles et parfumés de la tête aux pieds, que nous nous rendîmes à l'Eglise ensemble. Au départ, nous jouions le jeu de nos parents ; nous rentrions dans l'abbaye en saluant les fidèles qui nous avaient connu tout petits, nous avancions ensuite près du bénitier au sein duquel nous trempions deux doigts avant de nous signer de la Croix, puis nous nous dirigions lentement à travers l'allée centrale afin de rejoindre le troisième banc de la rangée de droite, où nous prîmes très rapidement nos habitudes...

Les premiers mois se déroulèrent parfaitement bien. Nous étions assidus à la Messe. Nous chantions volontiers lorsqu'un retraité de la chorale n'avait pu se libérer, nous faisions la quête, lisions les textes que les enfants du catéchisme refusaient de lire...
Nous fûmes rapidement pris en sympathie par l'immense majorité des pratiquants.

Et puis un jour elle arriva.

Elle s'appelait Tina.
Du haut de ses vingt trois printemps, elle paraissait infiniment plus belle que toutes les petites copines de notre âge que nous partagions avec Antoine mais que maman nous défendait de peloter :
- Et si c'est le cas, courrez vite vous repentir à confesse disait elle, vous êtes bien trop jeunes pour ce genre de cochonneries .

Tina était grande.

Les pointes de ses longs cheveux châtains ondulés venaient se déposer délicatement au creux de son décolleté, ses yeux en amandes envoutaient n'importe quel autre regard qu'ils croisaient au passage, et ses robes devenaient chaque dimanche un peu plus fines et légères que le dimanche précédent. Rapidement, une rivalité s'installa entre mon frère et moi, bien décidés à conquérir cette merveille que Dieu lui même nous servait sur un plateau.

Nos sorties du septième jour devinrent rapidement moins assidues en termes de prières et autres bondieuseries. Car il faut reconnaître que petit à petit, la religion laissa place à une autre forme de culte, celui de l'Amour. Et à ce petit jeu, il faut reconnaître à Antoine un talent certain pour les louanges qu'il témoignait envers la gent féminine.

 Malgré cela, c'est bien dans mes bras que tomba la délicieuse Tina.

Pourquoi ? je l'ignore encore aujourd'hui... Quoi qu'il en fut, je devins son petit ami officiel et pour ne rien arranger du chagrin que mon frère éprouvait, j'obtins la bénédiction de mes parents, à la condition non négociable de poursuivre chaque dimanche ce que nous appelions désormais avec Tina " notre chemin de Croix dominical ".

Les premières semaines, nous jouâmes le jeu, puis, sans doute trop éveillés par nos sens, nous décidâmes discrètement de nous fondre dans la foule de croyants avant de disparaître derrière l'église où nous faisions l'amour régulièrement à l'ombre d'un grand chêne attenant au presbytère.

Antoine ne nous accompagnait plus depuis bien longtemps. Il savait que je ne cherchais plus l'eau bénite au fond du bénitier, que les seules fois où je prononçais encore " Mon Dieu " étaient lorsque Tina me chevauchait nue, la sueur perlant sur la peau, nos corps ne faisant qu'un et nos esprits saints souillés des plaisirs de la vie.

En dehors du fait que mon frère et moi ne partagions plus rien en cette période et que notre relation en fut quelque peu affectée, je garde un succulent souvenir de cette période de ma vie. Ces huit mois de bonheur passés avec Tina furent les plus beaux de mon existence jusqu'au jour où elle ne se présenta plus à l'Eglise, ni chez mes parents. Son numéro de téléphone devint soudainement non attribué et comble de l'incompréhension, ses parents avaient subitement déménagé.

Après avoir déprimé pendant de longues et interminables semaines, je me résolus à l'oublier. Mon frère m'y aida beaucoup.
Celui que j'avais trompé avec une inconnue qui s'était jouée de moi me tendait à nouveau la main. Plutôt que de se réjouir de ce malheur que j'avais bien cherché, mon compagnon de toujours était là pour me relever.
Nous reprîmes nos bonnes vieilles habitudes. Nous retournâmes à l'office ensemble mais curieusement, Antoine

m'y rejoignait directement. Depuis quelques semaines, il avait quitté la maison pour un petit appartement de l'autre côté de la ville qui le rapprochait de son travail. Papa et maman lui avaient accordé cette faveur espérant qu'un peu de liberté lui permettrait d'oublier la fille que j'aimais à sa place et de surcroît, le loyer ne coûtait presque rien.

Je l'attendais donc chaque dimanche sur la place de l'Eglise, parmi d'autres fidèles, jusqu'au jour où il ne vint plus, me prétextant secrètement qu'il ne croyait plus. Je n'en touchai évidemment pas un mot à nos parents qui n'auraient pas surmonté une telle nouvelle mais je respectai sa décision.

Sans lui, les messes n'eurent plus le même intérêt. Je me sentis de plus en plus seul, assis sur notre banc. Je devais désormais composer avec deux absences : celle de mon frère et surtout celle de Tina.
Sans pour autant abandonner la Foi à

laquelle je me raccrochais vainement, je décidais de ne plus venir au sein de cette église qui me rappelait trop de souvenirs.

Cette souffrance me quitta finalement le dimanche suivant.

Ce jour là, je parcourus deux kilomètres en plus que d'ordinaire et me rendis dans le nouveau quartier d'Antoine, où se trouvait la seconde église de la ville. À l'époque, Il m'invitait régulièrement chez lui ; nous buvions de la bière en regardant les matchs de football à la télévision et lorsque j'étais trop saoul pour rentrer chez nos parents, il me laissait une place dans son grand lit. Mais ce dimanche, je ne voulais pas l'importuner.

Je me dirigeai donc vers mon nouveau lieu de culte, entrai et m'installai discrètement dans le fond.
 Il y avait énormément de monde et il me sembla soudain apercevoir quelques rangées devant moi, de dos, une

personne que je connaissais. Lorsqu'elle se retourna, cherchant visiblement quelqu'un vers l'entrée, je reconnus celle que j'avais aimé, celle que j'aimais.

Sans plus attendre, guidé par mes questions et ma joie de la retrouver, je me levai afin de la saluer. Au même moment, elle fit signe de la main à quelqu'un qui entrait dans l'église.

Je suivis son regard et aperçus mon frère.

Je me réinstallai alors discrètement à ma place mais c'était trop tard, elle m'avait vu.
Je n'eus d'autre choix que de me relever afin de la saluer.
Antoine m'aperçu ; son visage se décomposa tout comme celui de Tina.

Je compris immédiatement.
Je pris malgré tout mon courage à deux mains et retenant la rivière de larmes

qui allait bientôt ruisseler sur mes joues
rougies de colère, je m'approchai d'elle.

Je lui serrai la main froidement sans
dire un mot.

En sortant, je croisai mon frère qui ne
put soutenir mon regard, honteux et
coupable.
Je l'embrassai avant de lui glisser à
l'oreille :
- Moi non plus je n'y crois plus.
Puis je disparus.

L'ardoise

Il pleut des cordes sur ma guitare.

Comme chaque matin je suis là, le cul posé sur mes pavés de la rue des Arts.

Devant moi j'ai déposé ma vieille boîte à sucres vide, seul objet ayant résisté à ma vie d'avant et qui je l'espère, comptera dans quelques heures des pièces de monnaie qui me permettront de manger ce soir.

Les gens qui passent n'ont que faire de la triste mélodie que mes doigts gelés essaient de leur jouer.

 Certains laissent traîner un regard sur mon chien, parfois les gamins lui offrent une caresse avant que leurs parents ne les engueulent. Je ne sais pas vraiment depuis quand je suis ici à ne rien branler.

Au fur et à mesure que les
semaines, les mois passent, on perd
toute notion de temps, on ne compte
plus les jours qui défilent, l'ennui doit
vraisemblablement y être pour
beaucoup.

Alors on traîne la misère dans les
artères de la ville à regarder les gens
entrer et sortir des magasins, on
fume du tabac à rouler entre deux
gorgées de mauvais pinard de
cuisine qu'on boit dès le matin et
qu'on dégueule jusqu'au soir. Le peu
qu'on bouffe se trouve dans les
poubelles des restaurants et pour
tout dire, je ne suis pas vraiment
client...

Mais tous les jeudis, à la Brasserie
de la Place, c'est choucroute au
menu ; le chef me laisse toujours
une assiette sur le rebord de la
fenêtre de cuisine qu'il me
recommande de venir prendre
discrètement après le début du
service, histoire que son tyran de

patron ne le choppe pas en train de nourrir un " crasseux " comme il dit.

Chaque jeudi donc, juste après midi, ma gratte en bandoulière et tirant Hector au bout de sa laisse, je me faufile dans le bout de ruelle derrière la salle où les premiers clients s'installent.
Guidé par les fumets enivrants des plats que je ne saurais distinguer les uns des autres, je traverse l'allée étroite derrière la brasserie et n'ai plus qu'à tendre le bras pour saisir l'assiette en carton que le chef prend toujours soin de couvrir avec une autre afin que le plat reste chaud.

Je dévore toujours planqué là, derrière le mur où mon bienfaiteur prépare sa soupe, savourant chaque ingrédient bien chaud : saucisses, lard, patates, chou... Mon *clebs* aussi est aux anges, il sait bien que je lui file toujours la moitié de ma *barbaque*. Alors il attend patiemment à mes pieds, la langue sortie de sa petite gueule et la queue qui va et vient dans tous les sens, jusqu'au moment ou je lui balance un bout de quelque chose qu'il avale tout rond.

Lorsque j'ai fini, je m'époumone toujours suffisamment fort mais sans hurler pour ne pas éveiller les soupçons du patron d'un :

- MERCI CHEF ! À JEUDI !

Ce à quoi il me répond invariablement toutes les semaines de sa voix grave et bienveillante :

- De rien gamin, j'mets ça sur ton ardoise !

Alors je me tire gentiment, le sourire aux lèvres et le ventre bien rempli, retournant vaquer à mes occupations de branleur avec d'autres branleurs, en pensant au jeudi suivant.

Le jeudi c'est jour de marché en ville.

Dès 5h30 mes copains et moi on se fait réveiller à gros coups de godasses dans le cul.
Les petits commerçants veulent installer leur matos avant l'aube afin que les gens qui dorment encore dans leurs appartements ouvrent leurs volets sur des étals parfumés et colorés.

- Allez viens Hector, viens !

Le jeudi, je vais toujours finir ma nuit à côté de la boulangerie, l'odeur du pain me rappelle le confort de ma vie d'avant, quand je n'avais pas à me soucier d'où je dormirais le soir, quand je n'avais pas besoin de fouiller dans le fond de mes poches pour trouver un peu de monnaie, quand je n'avais jamais froid, jamais faim...

En roulant ma première cigarette au dessus du dos bien chaud de mon compagnon qui roupille encore entre mes jambes, je pense déjà à mon bon repas du midi. Je n'ai pas la chance de manger tous les jours mais au moins j'ai à boire. Et même si l'alcool ne me nourrit pas, il a au moins le don de réchauffer les entrailles pourries de mon corps de petit vieux de vingt sept ans.

Les allées et venues commencent dans la rue.

On va chercher des croissants chauds pour les enfants, les fruits et légumes fleurissent du côté des marchands qui s'engueulent entre eux, les éboueurs ramassent la merde à la pelle et je regarde tout ça d'un air presque amusé. Ce matin je suis bien.

Tiens, une passante qui fume ! Je me lève :

- S'cusez M'dame, j'pourrais vous emprunter du feu ?

-CLIC -

- Merci M'dame, bonne journée !

Les heures vont passer, entraînant avec elles l'ennui dans lequel je me fonds quotidiennement, puis laisser place à ce sentiment si singulier qui m'anime chaque fois que je sens ce moment approcher , comme une douce caresse qu'une mère offrirait à son gamin pour le consoler d'une crasse qu'on lui aurait fait vivre à l'école.

Je sens déjà l'odeur des plats savoureux concoctés par mon bienfaiteur de *cuisto*.

Traversant la ruelle à côté du restaurant, hâtant mon *clebs* qui rechigne à me suivre, j'entends quelqu'un qui crie :

- Il est là !

A peine le temps de me demander de quoi il s'agit, qu'un flic apparaît au bout. Me tenant en joue, il me gueule :

- Police ! Stop !

N'écoutant que mon instinct, je me retourne et me mets à courir à toutes enjambées jusqu'à la sortie de la ruelle où j'ai la très désagréable surprise de me prendre un coup de matraque dans le bide puis sur le dos avant de tomber à terre.

Hector aboie et bouffe les mollets du *condé* qui me passe les bracelets alors que je suffoque.

J'entends soudain un coup de feu...

Il n'aboie plus.

On me relève.

Un peu dans les vapes, je vois mon chien dans une marre de sang, il ne bouge plus.

- C'est bien lui Monsieur ?

- Putain Hector, mon vieux Hector !

Pleurant toutes les larmes de mon corps j'aperçois le patron de la Brasserie de la Place devant moi, fier de son coup.

- C'est bien lui Messieurs, Merci.

Hurlant toute ma rage devant la dépouille de mon ami, je me laisse embarquer sous les yeux médusés des passants, ignorant tout de ce qu'il adviendrait du corps de mon malheureux compagnon.

Après six heures de garde à vue, on me relâche.

Il faut que j'aille chercher Hector.

En arrivant, il n'y a plus qu'une marque sombre sur le sol, le sang s'est engouffré entre les pavés.

Je vois cet enculé à l'intérieur de son restaurant qui se marre en me voyant chialer.

Je lui pointe mon majeur bien haut avant de partir, puis quelques rues plus bas je croise le chef, mains dans les poches de son pantalon de cuisinier.

Il m'explique simplement qu'il a été viré le matin même et m'esquissant un sourire, que mon ardoise est effacée.

Ce soir c'est grand soir

19h15.

On frappe à la porte :
 ou plutôt on cogne à grands coups de
poings sur l'embrasure du haut, celle
déjà usée par tes précédents visiteurs.
Inutile de demander qui est là, c'est
certainement Franck qui vient se faire
payer sa bière quotidienne. Tu lâches
ton énième et laborieux projet d'écriture
pour aller répondre avant qu'il ne la
défonce définitivement.
Derrière, tu le retrouves tout sourire au
bras d'une certaine Angeline, petite
brune aux yeux rieurs d'à peu près
trente ans, cheveux rouges, *Perfecto*
noir entrouvert sur un débardeur blanc
floqué de la banane du *Velvet
Underground* sur la poitrine.

Elle se marre en te voyant.

Tu te demandes pourquoi en regardant bêtement ton pote qui te fait signe de la tête en visant la ceinture.

Tu es à poil.

Merde !

Tu refermes la porte, l'air de rien mais con quand même.
Tu entends glousser les deux sur le palier pendant que tu cherches désespérément de quoi te fringuer. Le plaid fera l'affaire. Tu dégages Zébulon, ton chat qui passe ses journées de branleur dessus et tu retournes ouvrir en t'excusant pour le désordre et l'accueil hasardeux.

Franck est le voisin que tu trouvais envahissant au début et qui l'est toujours aujourd'hui, sauf qu'entre deux il est devenu ton meilleur ami.
Il fait comme chez lui en invitant cette fameuse inconnue à en faire de même. Tous deux s'affalent sur ton vieux canapé et Angeline s'amuse aussitôt à

gratter les morceaux de mousse qui sortent de la couture de l'accoudoir. De son côté, Franck dirige sa grosse carcasse vers ton frigo pour en sortir trois bières, évidemment.

Après avoir décapsulé les bouteilles avec son briquet, il t'informe qu'un " putain de concert gratuit " est prévu au *102* pour l'inauguration de la salle rénovée récemment.

Le *102* c'est chez toi.

Tu as vu les meilleurs groupes s'y produire depuis tes seize ans, quand tu faisais le mur pour retrouver cette petite trouille de Marco, ton ami d'enfance. Le tout premier concert fut celui de *The Vines* en 2005 : ta première claque musicale, celle qui te persuada que le *Rock'n'roll* était la meilleure musique du monde. S'en suivirent des abonnements à la salle de spectacle qui te permirent de découvrir la scène française menée fièrement par *Noir Désir* , ainsi que les groupes internationaux dont la réputation n'était plus à faire comme *Radiohead* ou *Massive Attack* .

Les années ont passé mais tu es resté fidèle au *102*, même si tu t'es relativement assagi en terme de *pogos* et de *slams*. Tu ne rates pas une bonne occasion de venir descendre une mousse ou deux lorsque les affiches sont alléchantes ; et puis tu connais bien Tina la barmaid qui te servit tes premières tournées à toi et tes potes et te fit découvrir les joies de l'amour en passant régulièrement du temps avec toi après les soirées arrosées du vendredi. À l'époque elle devait avoir une dizaine d'années de plus que toi et tu l'aimais, tu lui disais souvent en te rhabillant et ça la faisait rire.

" Un putain de concert gratuit " te répète Franck en rotant bruyamment sa première binouze.

Il te dit que les balcons ont été retapés par une entreprise polonaise spécialisée dans la rénovation de théâtres, que les mecs sont à mourir de rire tellement on ne comprend rien à ce qu'ils racontent mais qu'ils ont toujours de la *Vodka* sur eux et que " c'est pas une de ces saloperies d ' *Absolut* ou *Eristoff* " qu'on trouve chez nous.

Angeline manque de s'étouffer en riant bêtement, laissant dégouliner sa gorgée de bière le long des lèvres, essuyant le peu qui vient de couler sur le haut de sa poitrine.

Tu es toujours avec ton plaid souillé des poils de Zébulon au milieu du salon.

Tu regrettes déjà ce que tu vas dire mais tu invites tout ce petit monde à terminer son *HK* car tu as du travail à boucler.

- Ou à commencer plutôt ! te balance Franck, goguenard.

Il n'a pas tort. Tu n'es même pas un écrivain raté puisque tu n'as jamais eu la prétention de te faire publier, tu es juste

un raté qui peut se réjouir d'avoir un jour
été serveur, ce qui te permet aujourd'hui
de toucher une allocation chômage
suffisamment confortable pour vivre
comme un roi célibataire sans enfant et
pour payer les croquettes du chat.

Angeline décide de s'en mêler à son
tour en te promettant que tu passeras
une " délicieuse soirée " si tu les
accompagnes.

Tu la regardes se lever du canapé en
portant le goulot à la bouche. Elle se
dirige à son tour vers ton frigo. Tu ne
peux t'empêcher de laisser tomber tes
yeux sur sa chute de reins parfaitement
mise en valeur par son petit jean
moulant, poche arrière droite déchirée
sous la fesse , laissant entrevoir un peu
de ce qu'il y a à entrevoir.
Tu te persuades que ce n'est pas pour
cette raison que tu vas les accompagner
au concert mais tu acceptes en
précisant bien que tu boiras un coup en
vitesse mais que tu ne feras pas tard.

Franck te prend dans ses bras en te secouant tellement fort que ta couverture manque de tomber et Angeline ressort de ton frigo les mains pleines en te demandant tout de même de mettre un slip pour sortir car il fait froid dehors. Tout le monde se marre. Vous trinquez ensemble à la soirée qui arrive, les yeux se croisent, le verre claque, la mousse déborde. trois culs-secs plus tard, sourires complices. Il est temps d'aller enfiler un pantalon.

20h00.

En face du *102* il y a le bistrot dans lequel tu as claqué des mois de salaires avant les concerts. Tu en as passé du temps accoudé au comptoir avec les copains, tu en as descendu des litres de blondes bien fraîches une heure ou deux avant les spectacles. Ce que tu regrettais amèrement une fois à l'intérieur, lorsqu'une soudaine et irrésistible envie de pisser te prenait une minute avant l'entrée en scène des artistes. Tu te revois filer à la hâte aux toilettes en te faufilant entre les spectateurs agglutinés dans la fosse, tu ressens encore cette jouissive sensation d'uriner tout en percevant les premières notes retentir de l'autre côté. Tu es toujours parti du principe que rater le premier morceau d'un groupe c'est foirer le concert entier.

Vous êtes tous les trois.

 Angeline, Franck et toi sur la terrasse du bistrot. Vous venez d'attaquer les pintes et vous fumez des roulées car ça coûte moins cher. Autour de vous il y a du monde, en majorité des trentenaires qui courent comme vous après cette jeunesse qui fout le camp. Des rires, des gens qui trinquent joyeusement dans le froid du mois de novembre mais qui ont chaud au cœur. Tu trouves que ça fait du bien de sortir, même si ça ne t'arrive plus vraiment en ce moment. Tu remercies chaleureusement tes deux amis du soir en les enlaçant clope au bec , de te sortir de ce mouroir qu'est l'écriture d'un hypothétique roman et vous riez aux éclats, alcool aidant. Vous trinquez à la santé de la vie que vous trouvez belle et tes yeux se fondent dans ceux d'Angeline qui semble se rapprocher de toi. Franck n'a pas l'air d'y prêter attention mais tu es gêné car c'est lui qui était avec elle en débarquant chez toi. Prétextant une envie de pisser évidente, tu demandes à ton ami de t'accompagner. Une fois ensemble devant les pissoirs, laissant libre cours à votre instinct naturel, tu lui expliques que tu es désolé mais tu as l'impression que la petite te fait du gringue. Comme à son habitude, Il se marre à gorge déployée, tellement qu'il finit par se soulager à côté de l'urinoir pourtant adapté à l'indélicatesse des hommes de bars. Il te rétorque en remontant sa braguette qu'il s'en fout, que tu peux y aller mais que selon lui elle préfère les vrais mecs aux hommes de lettres illettrés comme moi.

Tu éclates de rire en chœur avec lui et vous ressortez.

Le troquet est bondé. tu te demandes s'il y a plus de monde dehors ou dedans. Peu importe, dehors il y a Angeline, et pour toi c'est une raison suffisante pour y passer la nuit s'il le faut.
Elle vous regarde revenir ensemble , soufflant dans ses mains jointes pour les réchauffer. Elle te demande avec un petit sourire en coin comment tu as fait pour pisser avec ce froid, si tu as pu la voir. Evidemment cet abruti de Franck est mort de rire. Angeline porte son verre à la bouche tout en t'envoyant un petit clin d'œil taquin. Sans trop savoir pourquoi et parce que tu ne sais absolument pas quoi répondre, tu décides de lui pointer ton majeur bien haut à la figure. C'est alors qu'elle vide sa pinte à une vitesse défiant toute concurrence et te demande de la suivre, sans ménagement.

Tu la vois partir en direction d'où tu viens de sortir avec Franck qui soudain a cessé de rire. Il t'encourage d'une tape sur l'épaule tout en t'informant que ton

sérieux ne va pas se vider tout seul et
que l'ouverture des portes pour le
concert est dans cinq minutes. Tu
l'embrasses sur la bouche en lui mettant
une main aux fesses avant qu'il ne te
repousse :

- Enculé ! qu'il te dit en s'essuyant les
lèvres avec la manche de son *sweat* à
capuche.
 Vous riez et tu files dans le sillage de
celle qui t'attend un peu plus loin.
C'est la cohue à l'intérieur. Certains
chantent, d'autres s'engueulent à propos
du PSG. Tu te faufiles entre tous
jusqu'aux WC, un mec en sort et te tient
la porte pour entrer.
Tu t'imagines déjà goûter aux plaisirs de
la douce Angeline, tu passes devant les
cabines inoccupées , jusqu'à la dernière.
Personne !
Tu te persuades qu'elle s'est bien jouée
de toi jusqu'au moment où tu sens une
main se poser sur ton bas ventre. Un
souffle chaud te balaie la nuque, une
deuxième main, ta ceinture se défait.

Tu te retournes, elle est là. Sa bouche vient à ta bouche et te mord tendrement la lèvre inférieure avant d'y déposer un baiser.

- Viens ! qu'elle te glisse à l'oreille en te tirant énergiquement dans les chiottes avant de vous enfermer à clé.

Tu le sens dans tes tripes, ce soir c'est grand soir.

20h45.

Hilares, vous ressortez main dans la main. Certains regards des clients ne trompent pas, ils savent ce que vous fabriquiez là dedans et ils sourient. Sur la terrasse, Franck attend patiemment et en a profité pour commander une nouvelle tournée ; après celle-ci on y va.
En face, les portes se sont ouvertes, les premiers spectateurs sont sur le point d'entrer. Angeline trinque avec toi comme si de rien n'était, ce qui te convient parfaitement. Vous vous

envoyez la dernière, sentant un brin
d'ivresse pointer le bout du museau,
puis vous payez.
En traversant, tu manques de tomber en
t'emmêlant les doigts de pieds,
heureusement la rue est vide, pas de
voitures à l'horizon.
Pas la peine de faire la queue pour
entrer, la première vague est passée. Tu
te présentes en précisant que tu n'as
pas de billet car tu ne te souviens déjà
plus que tu vas assister à un " putain de
concert gratuit ".
Tu aimerais bien savoir quel groupe tu
es sur le point d'applaudir alors tu jettes
un regard troublé d'ivresse au dessus de
l'entrée du *102*, là où est placardé le
nom des artistes à l'affiche. Tu peux lire
The Vultures.

Tu ne connais pas mais tu trouves que
le nom a de la gueule.
Franck te signale au passage que de ne
pas payer pour voir jouer ces mecs c'est
pas donné à tout le monde, que
d'ordinaire le prix des places est juste
hallucinant, ce qui ne les empêche pas

de remplir des salles partout à travers le Monde.

Tu mesures sobrement la chance qui s'offre à toi en remerciant ton pote de t'avoir convié à la fête en lui promettant que la première tournée sera la tienne.

Vous entrez.

Tu ne reconnais pas vraiment le *102* de tes jeunes années. Les moquettes murales rouges ont laissé place à un revêtement plus moderne de type toile de verre, au sol le carrelage noir est resté noir mais les carreaux abîmés par le temps et le passage ont été remplacés.
Tu trouves ça plutôt pas mal en te dirigeant vers la double porte à battants verts, cette entrée derrière laquelle se trouvent enfermés tes plus beaux souvenirs, où tu as vu des *LIVE* de dingues comme celui des *Têtes Raides* en 2008 qui te fit littéralement tomber amoureux de la *Ginette*.
Tout se bouscule dans ta caboche au

moment de pénétrer dans l'autre monde, celui de la liberté. Tu sens une main se glisser dans la tienne ; c'est Angeline. Son sourire n'est plus celui du début de soirée, il est plus doux : tu prends. Un braillement général vient de l'intérieur, comme une rumeur impatiente de personnes venues chercher quelque chose d'inoubliable.

Dans l'entrebâillement, tu perçois un halo de lumière chaude, celle que tous les gens applaudissent quand elle s'éteint.

Vous êtes à un petit pas chacun du sésame. Il est temps : ouvre-toi !

21h00.

Le *102* est comme les cendriers que vous pourriez remplir à vous trois ce soir, plein à la gueule.

Inutile d'espérer trouver une petite place dans la fosse où des dizaines de spectateurs se sont amassés, certains assis en attendant le début de la fête. Tu te revois ici et là, avec lui, avec elle, avec eux. Tu remarques des gamins d'à peine vingt ans, c'était toi il y a peu.

Tu entends ton prénom beuglé à toutes les sauces. C'est Franck qui s'est installé au bar avec Angeline. Derrière le comptoir il y a Tina, fidèle au poste, soutenue par deux autres serveuses qui courent de droite à gauche pour servir les assoiffés, billets tendus à bouts de bras dans la cohue.

Tu t'avances vers tes amis curieusement déjà servis. Angeline t'informe qu'elle est sortie quelques temps avec Tina et qu'elles sont désormais de très bonnes amies. Tu te réjouis d'avoir au moins ce point en commun avec elle.

Le fond sonore est la bande originale du film *Good Morning England* . Les techniciens du groupe font les derniers réglages sur les instruments. Il y a une batterie *TAMA* dotée de six ou sept cymbales ainsi qu'une double grosse caisse. Qui dit double pédale, dit grosse mandale !

Aux extrémités de la scène, deux guitares attendent d'être grattées avec acharnement, une basse dort

paisiblement sur son support et un
clavier *YAMAHA* trône en retrait du pied
de micro principal, celui du chanteur.
Vous trinquez une nouvelle fois au
bonheur de passer cette soirée
ensemble au moment ou Tina t'aperçoit
et vient te saluer. Angeline semble
surprise de tant de familiarités entre
vous. Tu lui expliques tout avec
honnêteté et elle te glisse au creux de
l'oreille qu'elle se réjouit déjà des
soirées que vous passerez tous les
trois. Tu éclates de rire alors que les
lumières commencent progressivement
à se tamiser. Tu n'as pas fini ton premier
verre que déjà Franck commande la
seconde tournée.

Tu n'es pas ivre, loin de là mais tu es
bien : posé comme on dit.

L'immense majorité des spectateurs est
là, le *brouhaha* général se fait de plus
en plus insistant, une petite clameur
réclamant le groupe se forme
timidement au milieu de la fosse,
quelques mains frappent les unes dans
les autres formant bientôt un tempo
rythmé auquel tu te joins avec Franck,

Angeline et les centaines d'autres fans de *Rock* venus inaugurer les nouveau *102*.

Il est temps. La lumière s'éteint. Des spots bleus foncés soudain s'animent puis fondent sur la scène où le batteur apparaît derrière sa percussion. Quatre coups de baguettes plus tard, Les décibels t'emportent.

22h00.

Devant la scène, la fête bat son plein. Tu vois la foule lever les bras au ciel et les têtes s'agiter en rythme avec la musique. Le chanteur a une voix rauque, sa moustache te rappelle celle de *Lemmy Killmister* mais celle-ci est de couleur rousse. Il porte des lunettes de soleil à la *Starsky and Hutch* . Tu te demandes si un des guitaristes n'est pas membre des *ZZ TOP* à cause de sa longue barbe blanche. Ton talon joue au métronome sur le sol, accompagnant ainsi les assauts violents que le batteur assène à ses futs, en accord avec une ligne de basse lourde à souhait, dans la même veine que celle qui a fait la réputation de *Rage Against The Machine*.

Angeline te demande de bouger tes fesses, il est temps d 'aller faire les cons au milieu. Tu lui signales que c'est plus pour toi, de toute façon tu es bourré.

- Justement ! qu'elle te dit en se levant.

Franck vous suit, chancelant. Vous descendez les trois marches séparant l'estrade du bar à l'endroit que tu aimes le plus au monde, bières à bout de bras au dessus des spectateurs pour ne pas en perdre une goutte. Tu sens les corps se frôler, la moiteur chaude mêlée aux transpirations autour de toi, tu aimes cette agitation, cette putain de fièvre. Une femme se jette un peu plus loin dans le public depuis les barrières où les mecs de la sécurité font tout pour l'en empêcher, mais trop tard, la voilà couchée, pieds et bras en l'air au dessus de tout, se déplaçant doucement grâce aux public en fusion lui offrant ce *slam* qu'elle n'oubliera jamais.

Vous avancez toujours un peu plus dans ce joyeux bordel. Tu aperçois ici et là de la fumée s'élever dans l'air ; Inspirant profondément tu constates que ça ne sent pas seulement le tabac. Tu jubiles, ton ivresse est belle, tu aimerais qu'elle ne s'arrête jamais, que cette soirée ne s'arrête jamais. Angeline te dit que " là c'est bien ", un peu à gauche de la scène. Franck s'est perdu, tu ne le vois plus mais ce n'est rien, c'est un grand garçon. Les gens sautent, dansent, rient, hurlent, boivent, fument dans un merdier monumental ; il est presque impossible de bouger tant les hommes et les femmes ne font plus qu'un. Tu suis donc les mouvements de foule qui vont de gauche à droite, certains tombent, d'autres les relèvent, tu agrippes le poignet d'Angeline en transe, qui tente de te déposer un baiser en passant alors qu'un *pogo* est sur le point de vous séparer.

Chaleur étouffante, on te pousse, tu repousses, tu as perdu Angeline.

Tu as la fièvre, tu tournes, tu te casses

la gueule, une main te tire de là, c'est reparti de plus belle. Tu ne comprends plus rien, c'est si bon.
La fin du morceau, des applaudissements, quelques cris entre deux essoufflements puis intro de la chanson suivante.
Une main sur ton épaule, elle t'a retrouvé, profitant au passage de ramener deux bières bien fraîches pour étancher cette soif qui intervient après une telle communion salace.

- C'était cool hein ? qu'elle te balance en s'envoyant sa pinte en quelques secondes.

Tu lui souris en admirant sa descente. Tu sens qu'il se passe quelque chose avec cette fille, du moins tu espères que ça ne se limitera pas à cette soirée. Tu aimerais te réveiller avec elle demain matin et lui offrir un café, après on verra...

Le chanteur s'est installé au piano, lumière tamisée. Tu reconnais les premières notes mais dans ton souvenir elles étaient jouées par des guitares saturées. Il s'agit de *Save a prayer* de *Duran Duran* rendu tristement célèbre il y a trois ans par les *Eagles of death Metal*, lorsque ce titre fut partagé dans le monde entier sur les réseaux sociaux après les attentats de Paris et plus particulièrement du *Bataclan*.

Tu constates que le silence vient de tomber de tout son poids sur la fosse encore enragée il y a quelques secondes.
Angeline bientôt se blottit contre ton torse trempé de sueur, t'enlaçant de toutes ses forces après que ses yeux embrumés se soient plongés dans les tiens. Sa tête reposant au creux de ton cou, tu écoutes religieusement l'hommage réservé par le groupe en lui caressant le dos comme pour la réconforter, laissant échapper à ton tour quelques larmes. Tu vois des couples se former, se serrer fort pour conjurer le sort passé grâce à cet instant suspendu. Ils sont beaux, amis, amants et ils sont

là pour vivre pleinement ce que certains ont un jour voulu empêcher.

23h00.

Fin du concert. La salle se vide après deux rappels tonitruants. Tu te réjouis d'avoir découvert *The Vultures of Rock* gratuitement, te promettant de revenir les applaudir à la première occasion. Avant de sortir tu décides de t'envoyer un dernier *bock* avec Angeline, espérant retrouver Franck au bar, accoudé comme à son habitude quand il est cuit, sur les comptoirs de là où il se trouve. Malheureusement ton pote a disparu de la circulation, volatilisé ; les derniers spectateurs quittent peu à peu l'enceinte manifestant entre eux leurs impressions positives sur ce à quoi ils viennent d'assister.

Tina vous sert en précisant que c'est la sienne. Vous la remerciez chaleureusement, trinquant à sa santé.

Il est temps de rentrer mais tu aimerais que ce soit avec Angeline.

Vous saluez votre barmaid préférée avant de sortir puis de rouler une clope que vous fumez à deux.

La nuit est belle mais glaciale, les pare-brises gelés brillent au clair de lune dans la rue du *102*.

Vous marchez lentement en plaisantant sur ce qu'il est advenu de Franck. Tu ne sais pas comment lui demander de venir boire un verre chez toi, en plus tu es bourré, tu seras maladroit.

Vous sentez les degrés d'alcool monter au cerveau, à cause du froid sans doute.

Elle t'informe qu'elle travaille tôt demain, qu'il faut qu'elle rentre.

Soudain on crie au bout de la rue dans une langue que tu ne connais pas, tu aperçois un petit groupe enivré se fendre la gueule en regardant un type titubant, à poil. C'est cet abruti de Franck, bouteille de *Vodka* à la main, nu comme un ver, sexe recroquevillé par le froid et sa bande d'ouvriers polonais hilares. Tu te bidonnes avec Angeline avant de fuir à toutes jambes, main dans la main, pour ne pas tomber dans ce guet-apens.

Vous vous retrouvez dans une rue perpendiculaire, essoufflés, essayant de reprendre vos esprits entre deux éclats de rires.
Cette fois tu te lances, tu lui proposes de venir passer la nuit chez toi " en tout bien, tout honneur " évidemment.
Elle accepte sans hésiter en te déclarant qu'elle aimerait beaucoup lire ce que tu écris. Cette idée t'effraie mais tu constates qu'une personne au moins s'intéresse à ce que tu tentes modestement de créer.
Il n'est pas loin de minuit, on sera bientôt demain.

0h30.

Tu as fait cuire des pâtes, ouvert une boîte de sauce tomate et ajouté des petits champignons de Paris dans une casserole. Tu as faim mais il n'est plus l'heure de jouer les gastronomes.
Angeline a servit deux whiskys sans

glace et te regarde émincer silencieusement quelques tiges de ciboulette. Tu as des acouphènes qui te rappellent au bon souvenir des semaines de festivals où tu plantais ta tente pour quatre ou cinq jours de concerts non-stops et que tu passais les deux semaines suivantes sourd comme un pot.

Vous buvez sans soif votre *baby* de *Jack* puis passez à table.

L'un et l'autre, échangez quelques mots à propos de la soirée entre deux coups de fourchettes, manquant de vous étouffer en évoquant le cas désespéré de Franck tout à l'heure. Tu ouvres une bouteille de Bordeaux mais Angeline n'a plus soif, plus faim. Elle te demande si ta douche est suffisamment grande pour que vous la preniez ensemble mais tu n'as qu'une petite baignoire. Déçue, elle décide de s'y rendre seule pendant que tu débarrasses. Tu déposes la vaisselle sale dans ton évier, distinguant le bruit de l'eau qui coule dans ta salle de bain, imaginant ce corps que tu as pu goûter rapidement au bistrot un peu plus tôt. Quelques instants plus tard, portant une serviette recouvrant ses courbes , Angeline se présente, cheveux mouillées, la peau perlée de gouttes dans le salon avec un de tes manuscrits.

 - Alors Monsieur l'écrivain, que fait-on ? te demande-t-elle en faisant tomber la serviette à ses pieds.

Laissant le robinet ouvert sur tes assiettes et tes couverts, tu te saisis rapidement d'un torchon pour t'essuyer grossièrement les mains et te promets de lui faire l'amour comme jamais on ne lui a fait l'amour, jusqu'au matin.

Table

Pour suivre l'actualité de
l'auteur, Rendez vous sur
Facebook :

@Jeremycaffiauteur

© 2018, Jérémy Caffi

Edition : BoD - Books on Demand
12/14 rond-point des Champs Elysées, 75008 Paris
Imprimé par Books on Demand GmbH, Norderstedt, Allemagne
ISBN : 9782322143252
Dépôt légal : juin 2018